それ行け ちよさん 94歳!!

私が小《ち》っちゃいだけなのよ

ちよ女

たま出版

はじめに

この作品は『それ行け　ちよさん　93歳!!』の続編です。

前作に続いて、二〇〇三年秋より、二〇〇四年冬までの、日常生活の中で気づき、学んだことを書きました。

生、老、病、死という、人生体験の旅路《たびじ》の先が見えてきた今、残されたお迎えのときまで、一刻一刻《いっこくいっこく》を楽しく学び吸収《きゅうしゅう》し、もっと人間として成長したい思いが強くなってまいりました。

今まで知ったつもりで生きてきて、何ひとつわかってはいなかったということも実感しました。

反面、病《やまい》とともにあった人生だったからこそ、今日《こんにち》まで、長らえているのかもしれません。

最近になって、心と身体《からだ》は一元《いちげん》であることを知るに至《いた》りました。今のこの時点での心のありようが、過去も未来も、すべて自分の人生を決める要《かなめ》であることを体得《たいとく》することができたのです。そのことが早期にわかっていたら、病《やまい》を道づれにはしなかったでしょう。

今、目の前にある一瞬の生き様《ざま》によって、人生の現象《げんしょう》がすべて決まるのです。

知ったかぶりで、偉そうに、傲慢《ごうまん》に、生きてきた私は、謙虚《けんきょ》な生き様《ざま》をしていると思いこんでいたのです。

宇宙の中の小《ち》っぽけな、吹けば飛ぶようなゴミにも満たない存在であることがわかりました。

何事も、人間は体験を通して、小さな小さな経験の積み重ねによって、学んでゆくことがわかりました。理論や理屈《りくつ》は、本当にあとでよいのです。

後半に、生活のうたとして川柳《せんりゅう》をおさめました。

お楽しみいただけたら幸《さいわ》いです。

目次

〈一〉

無花果《いちじく》の花托《かたく》の咲くころ

―ワイン飲んで天国へ―

今日は、みなさんお仕事が忙《いそが》しかったのでしょう。お昼食は、いつもより遅《おそ》くにいただきました。そのあと、久方《ひさかた》ぶりに、庭に出てみました。お庭の隅《すみ》に、大きな葉を広げて、無花果《いちじく》の樹がありま す。

今年は青い花托《かたく》が、上のほうに膨《ふく》らみはじめておりました。初めての結花と聞いておりましたので、早く大きくなあれ、早く大きくなあれ……と、初収穫《はつしゅうかく》を楽しみにして、無花果《いちじく》の樹にお願いするのでした。

玄関《げんかん》から歩いて気づいたのですが、踏《ふ》みしめる足裏《あしうら》の感触が、いつものようではありません。足もとを見ると玉石《たまいし》を敷《し》きつめているのでした。

雨が降ると、土が湿《しめ》って、足もとがすべりやすくなります。私が歩くお庭の周囲《しゅうい》に、敷《し》きつめてくれていたのです。

西側には風除《よ》けの杉に似た樹が三本ありましたが、それもなくなっておりました。その空間を埋めるように、プランターにはトマトやナスの苗《なえ》が新しく植《う》えられて置いてありました。

西の隅《すみ》には柿の木、その隣《となり》にはユズの木が、のびのびと葉を広げて立っています。

南の陽あたりのよいブドー棚《だな》の下にある濡縁《ぬれえん》に、やっとの思いで辿《たど》り着きました。


いつ来宅《らいたく》しておられたのか、娘のお友達が、庭に出てからの私を見ていたようで、

「ちよさん、泣いてるの？　大丈夫《だいじょうぶ》？」

背後から声をかけて下さいました。

「嬉《うれ》しくって……こんなにまでしていただいて……」

嬉《うれ》しい反面、多大なご迷惑《めいわく》をかけていることが申し訳なく、涙が止まらなくなってしまいました。

この家にとって、空気のような存在のお友達は、七十歳近いとお聞きしています。

二度、歌舞伎座《かぶきざ》へと私をお連れ下さいました。若々《わかわか》しく、動作もとても機敏《きびん》でした。お話ししてみると、いろんな趣味に通じておられて、教わることも多いのです。

「ちよさん、嬉《うれ》しかったら泣かないで、両手を空に向けて、こうして、ありがとうと笑うのです」

ご自分で両手を、高く高く太陽に向けて掲《かか》げ、

「ありがとう、と叫んでごらんなさい」

にこやかな笑顔で、お手本《てほん》を見せて下さいました。両手も美しくしなやかに、つやつやと輝いていました。

屈託《くったく》のない、その明るい言葉に誘われて、本当にその通りだ、ワアッファァッハ、ワッハッハーで嬉《うれ》しかったら笑おう――

明るい思いへと、心を切《き》り換《か》え、口もとをゆるめて空を仰ぎました。

涙もろくなったことを、自分で知らず知らずのうちに是認《ぜにん》しているのです。その心の弱さに、老いる原因を引き寄せ、病《やまい》の誘発を許してしまうのです。

病状《びょうじょう》を悪化させるきっかけにつながることは、何度も体験して判っているのです。それなのに、私は愚《おろ》かしくも、同じことをくり返すのでした。


ここ数日来、あまり具合《ぐあい》が良くありませんでした。

とくに朝食のあとは、ふつうに歩いているつもりが、急に足がもつれ、よたつき、頭が変な感覚になるのです。

熱はないのですが、身体《からだ》がほてって、何かがおかしいのです。

血圧が高くなっているのかしら?

訝《いぶか》りながらも机に向かい、その時に感じたことを、忘れないうちに書き記しておりました。

いつもなら、高血圧を心配し、心臓の鼓動《こどう》の高鳴りを気にしながらも、原稿用紙のマス目を一字一字埋めていくことに没頭《ぼっとう》していますと、元気が出てまいります。

それがここ数日、どうも体調が良くないのです。縦二十字の原稿用紙にまっすぐ書いたつもりの文字が、だんだんとマスから外《はず》れて、外の罫線《けいせん》さえもはみ出して歪《ゆが》んでしまうのです。

「お医者さんへ行きましょう」

みなさんのそんなお心遣いにもかかわらず、作文に没頭《ぼっとう》すれば元気になれるのだから、行く必要はない——と、決めこんでいるのでした。

それに、内科の先生に最後にお伺《うかが》いした六月十七日、いただいているお薬を飲んでいないことを、正直に申し上げてしまったので、どうやって謝ればよいか方策《ほうさく》が見当たらなかったのです。

そのうえ気が重いのは、何ヵ月もご無沙汰《ぶさた》していることです。お伺《うかが》いしたら、どんなことになるかと思うと、先生に申し訳なくて、急に心臓が苦しくなってしまうのです。

「ちよさん、おやつ、お持ちしましょう。お飲み物は何がいいですか？」

その優《やさ》しさに、また涙が落ちそうになるのを堪《こら》えて、にっこり笑って、

「ジュースにします」

縁側《えんがわ》に座って、ひとつだけ実をつけた青いレモンを見ながら、おいしいジュースをひと口いただきました。

すると、舌先からお口の中がファーファーと熱くなり、のどや

胸、お腹《なか》にかけても熱く熱くなりました。

なんだか楽しい気分です。

これなら、今日は元気で過ごせそう——

と、嬉《うれ》しくなるのでした。

すっかり青葉《あおば》に変わっている、サクランボの樹を見上げました。

あれっ——?

サクランボの樹に近づいてよく見ると、太い枝根《えだね》の切り口が白いものでふさいでありました。

お隣りの庭に出っ張っていた枝を切り落とした枝根《えだね》の、包帯《ほうたい》のようなお手当ての痛々しさに、自然に涙が落ちます。

こんな弱気ではいけない……。

と、思うのですが、身体《からだ》のほうは、少しも言うことを聞かないのです。

二メートルにも満たない縁側《えんがわ》との距離《きょり》に、どうしても戻れなくなりました。

お友達と娘が気づき、私を支えてくれたので、ころばないですみました。

「心配しないで。私は大丈夫《だいじょうぶ》だから。お医者さんに連れて行かないで、すぐ治《なお》るから」

息ぎれしながら、やっとの思いで、申しました。

「ちよさん、飲んでしまってる。悪いことしちゃった、どうしよう」

ジュースのコップが、空《から》になっているのを見て、お友達は謝るのでした。

何のことかわからないまま、すぐに中へ入り、お嫁さんが用意してくれた白湯《さゆ》を飲まされました。私は少し落ち着きをとりもどしました。

お三方《さんかた》は、固唾《かたず》をのんで私を見つめていました。

インテリヤクザ三人組（お三方《さんかた》に私がつけたニックネームです。『それ行けちよさん93歳!!』にエピソードがあります）は、なぜか神妙《しんみょう》に私を窺《うかが》っているのです。

私は目の前にあるフォークを、サクランボの一枝《ひとえだ》に早変《はやがわ》りさせ、夢舞台《ゆめぶたい》の歌舞伎座《かぶきざ》のように、

一　いちに　生命《いのち》の尊《とうと》さよ
老いも若きも　踊《おど》りゃんせ
エッコラ　ホイサ　で踊《おど》りゃんせ

かつての美声を、もう一度確かめたいとの思いで、歌いました(『それ行けちよさん93歳!!』参照)。

夢中で十番まで歌い、ひと息つくと、お三方《さんかた》が心配そうに顔を覗《のぞ》きこんでいました。

「これなら大丈夫《だいじょうぶ》でしょう」

私の様子を見て、娘は安堵《あんど》したようです。

冷蔵庫《れいぞうこ》に、ブドウジュースの同じラベルを貼ったビンが三本入っていたのです。

一本は、いつもいただいている一〇〇%ブドウのジュースでした。あとの二本は、無花果《いちじく》のワイン煮を作り、その残り香《が》のジュースにワインを加え、入れていたものでした。お嫁さんが、どちらのビンも半分以上なくなっていたので気づいたのです。

私が、今のような状態になっているのは、この無花果《いちじく》香のワインのせいでした。

実を申せば、ブドウジュースは、食前や夜、お休み前に飲むと、身体《からだ》の毒素《どくそ》を抜く作用《さよう》があるので、勧《すす》められていたのです。

冷蔵庫《れいぞうこ》を開けて、自分でコップに入れ、飲んでおりました。おいしくて、口当たりが良く、なんの疑《うたが》いもなく、このワイン入り無花果《いちじく》ジュース（？）を、コンコード種一〇〇％のブドウジュースと思いこみ飲んでいたのです。

下戸《げこ》の私は、朝から、正真正銘《しょうしんしょうめい》ワインで酔っぱらっていたことに気づいておりませんでした。

原因がわかりほっといたしましたが、味の識別《しきべつ》ができないほど、老化している自分の迂闊《うかつ》さに、内心愕然《がくぜん》としました。比較《ひかく》してみても、ブドウジュースと、お味はさほど区別できないのです。ワインを飲んだことのない私は、冷やしていることもあって、ワインのお味に気づきませんでした。

昔は、飲む、打つ、買うの三体験《さんたいけん》を男子たる者はすべし——

と言われておりました。

私も、こんなご時世《じせい》に生きる今、ワインの一杯《いっぱい》も飲んだことのなかった故《ゆえ》の、体験のなさに恥入《はじい》りました。

ちよさん、いい年して何してんの——

と自重《じちょう》これひと入《しお》の思いでした。

お医者さんへ、今日行かなくてよかった——

高血圧のための処方薬《しょほうやく》を飲まないだけでなく、酔っぱらい婆《ばあ》さんでは、お医者様にとんだご無礼《ぶれい》を為《し》でかすところでした。

今日こんな状態でお伺《うかが》いしていたら、内科のトラフグ先生は、オコゼになって、今度こそはサメに変身し、私は食べられていたかもしれないと思いました。

「色を見ればわかったはずなのに、本当に申し訳ございません」

恐縮《きょうしゅく》しきって、お嫁さんとお友達は、おっしゃるのでした。

テーブルの上に出された、二本のビンを見ると、誰が見ても見分けられるほど、黒っぽい色とピンク色とが鮮明《せんめい》でした。

「同じブドウジュースのあきビンを使い、三本並べていたからです。不注意でした」

申し訳なさそうに、お嫁さんは謝りました。

今日のインテリヤクザ三人組は、

「ワインで殺す気はございませんでした」

と、大笑《おおわら》いしながら恰好《かっこう》よく、コーヒーを飲み干しました。

私も曲がった腰をピンとして、

「一件落着《らくちゃく》」

と、お三方《さんかた》の真似《まね》をして、優雅《ゆうが》にお白湯《さゆ》をひとロ飲み干しました。


「すばらしいものをお見せしましょう」

とのことで、黄昏《たそがれ》の迫った庭へ下りました。

お嫁さんは、高枝切《たかえだきり》バサミと、網《あみ》を持って、

「ちよさん、採《と》る？」

と、網《あみ》を持たせて下さいました。
先ほど私が見上げたときは、青い大きな葉に隠れて、熟《じゅく》してい
る三個の無花果《いちじく》を見つけることはできませんでした。
大自然の恵みに接し、
こんな横浜で、田舎《いなか》で食べていたのと同じ無花果《いちじく》を採《と》っていた
だけるなんて——
と、またまた、泣きたくなるのでした。
田舎《いなか》の庭とくらべたら、歩くのがやっとの本当に狭い狭い庭で
す。
ありがたい恵みを、
「ほら、ちよさん」
と、初収穫《はつしゅうかく》のひとつを、掌《てのひら》に置いて下さいました。

まだ少し、ワインが残っているようで、頭の中が熱かったのですが、嬉《うれ》しくって、嬉《うれ》しくって、もったいなくて、すぐ口にできず、そっとそっと両手でくるみました。

立ち去ろうとしたとき、無花果《いちじく》の樹の幹に、三センチぐらいの、絆創膏《ばんそうこう》のようなものが、数ヵ所貼ってあるのを見つけました。

「これは何ですか」

と、お尋《たず》ねしますと、

「キクイ虫が幹に入ったので、薬でお手当てした痕《あと》でしょう」

お友達が、教えて下さいました。

無花果《いちじく》の樹は、たいへん弱い幹で、中が空洞《くうどう》になりやすく、傷をつけると虫が中に入って、枯れてしまうとのことでした。

以前に植《う》えていた樹は、気づかないうちに、虫に侵入《しんにゅう》されて、手当てをしても、助からなかったそうです。

無花果《いちじく》の樹一本すら大切に、その生命を尊《とうと》ぶ娘が、生命短い、月《げっ》下美人《かびじん》を切り花にしてしまった、計りしれない私への、その深い愛を、思い起こす日でもありました。(『それ行けちよさん93歳!!』参照)

娘の私への愛に応えるかのように、月下美人《げっかびじん》の切り花は、八月二十三日午後十一時頃より五日間、小さく萎《しぼ》んでも、三分咲きの美しいお姿で、気高《けだか》く生きていたのです。

その切り花を支える茎《くき》は、花瓶《かびん》のガラス越しに、赤ん坊の柔肌《やわはだ》のように、生き生きとしたピンク色でした。

開花した月下美人《げっかびじん》は、十二時で本来は萎《しぼ》んでしまい、翌朝どんなに手を加えても甦《よみがえ》らないと聞いておりました。

切り花になった月下美人《げっかびじん》は、五日経つと花は萎《しぼ》みましたが、茎《くき》は、まるで血脈《けつみゃく》のように、息づいていました。

自分が粗大ゴミであると、そう思いこんできた思考から抜け出ることとは、一足飛《いっそくと》びにはできない毎日です。

こうした日常の生活体験《せいかつたいけん》の中で、今も無花果《いちじく》の樹の下で「生命の尊《とうと》さ」を、改《あらた》めて再認識するのでした。

満身創痍《まんしんそうい》で、今こうして生かされている、この生命を、この深い愛を、一瞬でも受け止め、大切にしなければならない……。

粗大ゴミ、と自虐的《じぎゃくてき》な悲観的な思考が自らの生存《せいぞん》を脅《おびや》かす元《げん》凶《きょう》であったことに、過去を今振りかえり慄然《りつぜん》とするのでした。

新しい生命の息吹《いぶき》を吹きこまれ、生きる勇気を、こうして今日もいただけたのでした。

花の咲かないこの果肉《かにく》そのものが花である、捥《も》ぎたての無花果《いちじく》を、いとおしく思いました。

無花果《いちじく》のように、葉を大きく広げて、陽光をいっぱいいただけるように、
私ももっと素直に――

と思うのでした。

万物《ばんぶつ》の根源《こんげん》にある、創造の妙《みょう》を垣間《かいま》見せていただけた一時《ひととき》でした。

地道にエッコラホイサで、人生峠《じんせいとうげ》を越えてここまで歩んできた

私です。

花は咲かせられなかったけれど、わずかに残された余生《よせい》、この無花果《いちじく》のように、滋味《じみ》溢《あふ》れる愛を振りまけるような人柄になりたい——と。

少しのワインで酔っぱらって、天国行きだなんて、とんでもないことだった——

と、しみじみと思うのでした。

〈二〉

クレンザーに乗って幽霊《ゆうれい》現《あら》わる

—ちよさん浅草へ—

浅草という地名は、以前から知ってはおりました。

私が今、こうしてこの町を象徴《しょうちょう》する浅草寺《せんそうじ》の境内《けいだい》に、自分の足で立つことがあろうとは、思ってもいませんでした。

浅草寺《せんそうじ》の裏に小屋がけした、平成中村座歌舞伎《かぶき》を観《み》るために、娘のお友達お二人に誘われて、三人で見物に参《まい》りました。

十一時の開演には、まだ時間がありました。私たちが小屋に近づくと、入口周辺《しゅうへん》は、中村座ののぼりが立って、なにか明治時代の芝居小屋《しばいごや》を思い起こすのでした。

「こんな浅草まで、よく来れた」

と、ほんとに、ほんとに、私にとっては考えもしていない、日々の生活の中での大きな刺激的出来事《しげきてきできごと》でした。

背中をさすって下さるようにして、中村座のベンチ席に三人で座りました。

東銀座《ひがしぎんざ》にある歌舞伎座《かぶきざ》とは趣《おもむ》きも異《こと》なり、すべてがひと昔前の場内の設営《せつえい》とのことでした。

そのために、座るベンチが固くて、

「クッションを持っていったら？」

との、娘の言葉を思い出しながら座りました。

補聴器《ほちょうき》をつけて初めての観劇《かんげき》ですが、多重《たじゅう》に雑音が入り、あまり聴き心地《ごこち》は好《よ》くありませんでした。

室内で、一対一という近場《ちかば》でのお話なら、以前より聴こえますが、数人の会話では聴き取りづらくなります。まして、このような多重音《たじゅうおん》の中では、思ったほどの効果は期待できませんでした。

演目《えんもく》は『加《か》賀《が》見《み》山《やま》再《ごにちの》岩藤《いわふじ》』でした。

時が経っていても、殺された者の無念の思いは、怨霊《おんりょう》となって、生き続けておりました。

その怨《うら》みの念は亡霊《ぼうれい》となり、肉体《にくたい》を失ってからも、人間界との関わりは深く、連綿《れんめん》と続いているのでした。

現世《げんせ》に現れてくる、執念《しゅうねん》の想《おも》いの深さに、人間の永遠の生命を彷彿《ほうふつ》とさせる、河竹黙阿弥《かわたけもくあみ》の五幕九場《ごまくきゅうば》の作品です。

『骨寄《ほねよ》せの岩藤《いわふじ》』とも呼ばれる、このお芝居《しばい》は、人間の持つ、破《は》壊的思考《かいてきしこう》によるおどろおどろしい、憎悪《ぞうお》や嫉妬《しっと》、不平不満《ふへいふまん》が呼びこむ、復讐《ふくしゅう》という心の中の、暗い部分を現わしておりました。

日常のさりげない生活において、思考によって放つ感情のありようがいかに大切かを、私に示してくれるものとなりました。

「恨《うら》みを買うと七生《しちしょう》祟《たた》る」
と、父母に教《おそ》わって育ちました。

尋常《じんじょう》小学校の頃と思います。初めて遠出《とおで》した日のことを、思い起こしていました。

日暮れに、隣村《となりむら》から、父と二人で山を越して、家路《いえじ》へと向かっているときのことです。

隣村《となりむら》の家のお方たちは、泊まっていくようにと勧《すす》めてくれました。私もそう思っていたのです。

ですが父は、一旦《いったん》決めたことは実行する人でした。

家を出るとき、母に泊まると言ってきていませんでしたので、心配をかけまいとの思いだったのでしょう。

今のように、電話やファックスもない時代でしたから、夜道《よみち》を歩いて帰るしかないのです。

父は、愛用《あいよう》の木刀を持ち、カンテラ（傘《かさ》のついたランプ）を用意し、月夜でも用心のために持って外へと出ました。

山路《やまじ》を帰ると半分の距離《きょり》ですむのです。

左側に杉と赤松《あかまつ》が続く、松茸《まつたけ》の産地である、止め山附近《ふきん》にさしかかっておりました。

右手の広い杉の木立が切れると、大きな樹はなく、スズキや葛《くず》、蔓《かずら》、などの雑草が生《お》い繁《しげ》っておりました。

それらの雑草の中には、くちやめ（ヘビ）がいるので、遊び場としては近づかないようにと、いつも注意されていました。

農林《のうりん》作業をしていて、くちやめに咬《か》まれて毒がまわり、生命《いのち》を落としたお方や、苦しんだお話を、ときおり、生々しく聞かされていました。

下方に広がる裾野《すその》は、人家《じんか》の灯《あか》りは見えませんが、段々畑《だんだんばたけ》と稲田《いなだ》が続いております。近くに湧水《わきみず》があるのか、静寂《しじま》の中に、水音《みずおと》が、微《かす》かにしていました。

月が昇り、カンテラで足もとを照《て》らさなくても道は明るく、父の足は速いので、

もっとゆっくりして――

そう思ったときでした。

数歩先を行く、父の足がピタリと止まったのです。

木刀を持つ父の手に、力が漲《みなぎ》りました。仁王立《におうだ》ちの父の構《かま》えは隙《すき》なく、なにかを警戒《けいかい》しているのでした。

父の視線を追った私は、驚きと恐怖で足が動かなくなりました。二間《にけん》(約四メートル)ほど離れたススキの向こうに、こちらを向いて立っている、背の高いヒョロヒョロとした、細い人影《ひとかげ》のようなものが見えました。

目をよくこらして見ると、月明りが浮き彫《ぼ》りにしたその姿は、白い地《じ》に、模様《もよう》のついた着物を着て、こちらを見ている立ち姿でした。

出たあー、出たあー、幽霊《ゆうれい》だ――

と、父にしがみつき、

(お父さん、お父さあーん)

呼んだつもりが、声にならず、私はヒニャヒニャと座りこんでしまったのです。

父に頬《ほお》を叩かれて、両手で抱き起こされ、やっと目覚めました。

山路《やまじ》を下りて、里《さと》に近づくまで父の背におぶさっていたのです。

父は、目覚めた私をそっと地面に下ろし、頭をやさしく撫《な》ぜてくれました。

私は、涙がポロポロと流れ落ちて、父の胸に顔を埋《うず》めました。立ち上がってからも、足の震《ふる》えは止まりませんでした。

父は、何事もなかったように落ち着いて、

「さあ、元気を出せ」

と、手をそえてくれました。

目を開けると、さっき見たあの幽霊《ゆうれい》の姿が浮かんでくるのです。

そのことを尋《たず》ねることも恐ろしくて、父にしがみつき、目を半眼《はんがん》にして歩きました。

まわりの風の音にも、私は怯《おび》え、潅木《かんぼく》の背の高い木を見ると、幽《ゆう》霊《れい》に見え、一歩一歩、足が前に出ず、地面に吸い取られるような、恐怖感の中におりました。

竹藪《たけやぶ》の続く道を、父に引っ張られて歩いて行くと、大きな古い家の長い土塀《どべい》が、ぼんやりと、前方に浮かんできました。

人家《じんか》を見て、いくらか気持ちが楽になり、私も足早に、必死で父の手を握《にぎ》りしめて歩き続けました。

両側の竹藪《たけやぶ》は、いつの間にか雑木林に変わって、その先に、夜《よ》目《め》にもくっきりと、〈大杉様《おおすぎさま》〉の天を衝《つ》く雄姿《ゆうし》が、目に入りました。

いつも、私が遊んでいる場所の近くにまで、帰ってこれたのです。

安堵《あんど》しながら、
大杉様《おおすぎさま》、ありがとうございます――
と、心の中で叫びました。

大杉様《おおすぎさま》は、村人から大切にお祀《まつ》りされて、崇拝《すうはい》されている杉の木です。千年杉《せんねんすぎ》とも呼ばれ、大人が三人で手を広げても余るほどの太い大樹《たいじゅ》です。

根もとに祠《ほこら》があり、注連縄《しめなわ》が張り巡《めぐ》らされ、いつも、水やお米がお供えされていました。

昔、この附近《ふきん》で大旱魃《かんばつ》が起こり、田畑も干上《ひ》がり、草木も枯れて、井戸の飲み水さえなくなるほどの、水不足《みずぶそく》に陥《おちい》ったことがあったのだそうです。

父母の話によると、すべての村人が、地に平伏《ひれふ》し、天を仰ぎ、

「神様お救い下さい」

と、祈願《きがん》し、そのとき、村人の夢枕《ゆめまくら》に神様が現われ、

「千年大杉《せんねんおおすぎ》に神を祀《まつ》り、きれいな水を山奥から求め、お供えせよ」

との、お告げがありました。

村人はそのとおりに実行したのです。

山奥へ水を探しに行き、持ち帰ったきれいな水をお供えし、

「神様お救い下さい。どうか、この旱魃《かんばつ》を救って下さい」

村人すべての心をひとつにして、お願いしたのです。

すると、翌日の正午頃、大粒の雨が降りはじめました。

急に、大杉様《おおすぎさま》の天空に黒い雲が湧《わ》き出て、村人が見上げている
目の前で、それは、意思ある雲となって広がりました。

天地が割れるような、雷鳴《らいめい》と、強風を伴《ともな》い、地面を叩きつける、大粒の雨が降ってきたのです。

真昼なのに、急に辺りは暗くなり、雷のすさまじい大音響と、稲妻《いなずま》の閃光《せんこう》の中で、村人たちは畏《おそ》ろしさのあまり、顔を地面に伏せておりました。

「神様ありがとうございます。神様ありがとうございます」

感謝《かんしゃ》の叫び声を、捧げ続けたのです。

水の流れる音で、村人が我にかえったとき、天を仰ぐと、黒い雲の中に、不動明王《ふどうみょうおう》のお姿《すがた》が見えたのです。

当時、不動明王《ふどうみょうおう》は、大日如来《だいにちにょらい》の化身《けしん》と言われておりました。

村人が目にした現実は、不動明王《ふどうみょうおう》をご使者として神様のご威力《いりょく》を示され、村人の願いを叶《かな》えたことでした。

「神様は実在している」

という確信は、喜びとなって、大杉様《おおすぎさま》を敬《うやま》う心と感謝《かんしゃ》が、自《おの》ずと深まったのです。

今日《こんにち》の宗教のような、組織ぐるみの教 条 主義《きょうじょうしゅぎ》による命令も強制もありません。

そこには、昔から日本国民が持っている、神を敬《うやま》うという、生命《いのち》の根源《こんげん》への、畏敬《いけい》と感謝《かんしゃ》の純粋な思いだけです。

囲炉裏《いろり》を囲《かこ》んで、父母から語られる大杉様《おおすぎさま》の謂《いわ》れは、幼かった私の心に沁《し》みこんで、楽しい思い出としてなつかしさを呼び覚《さ》ますのでした。

天に向かって聳《そび》え立つ大杉様《おおすぎさま》のお姿は、恐怖感に慄《おのの》く私に、ここまでくれば大 丈 夫《だいじょうぶ》という、懐《ふところ》に抱《いだ》かれたような安堵感《あんどかん》を与えて下さいました。

万延元年《まんえんがんねん》（一八六〇年）三月、江戸《えど》の市村座《いちむらざ》で初演《しょえん》されたお芝居《しばい》に、今、この浅草の地で遭遇《そうぐう》したことは、忘れていた遠い思い出を、次々に呼び寄せるのでした。

岩藤《いわふじ》の骸骨《がいこつ》が蘇生《そせい》するために、骨が集まってくる骨寄《ほねよ》せの場面は、ともすると陰惨《いんさん》なものですが、あっと驚くような趣向《しゅこう》がこらしてありました。

舞台の芝居《しばい》の進行《しんこう》と、私の過去の思い出とが交錯《こうさく》する、不思議な感覚《かんかく》の中におりました。

舞台での幽霊《ゆうれい》の世界が本当に実在し、今こうして生きている世界が、幻の写し世《よ》ではないかと思えてくるのです。

私が幼いときに、山路《やまじ》で出逢《あ》った幽霊《ゆうれい》は、座敷牢《ざしきろう》の中から逃げ出した、狂った女性でした。

不幸な結婚がもとで、わが子を失い、気が狂い、実家《じっか》に帰され、大切に座敷牢《ざしきろう》に匿《かくま》われての生活のお方でした。

人間は、悲しいこと、苦しいこと、ひどい目にあわされたりすると、それを学びとして、もっと大きく、強く、前進しなければなりません。

どんなことにも、挫《くじ》けず、落ちこまず、涙を拭《ぬぐ》い、明日があると信じ、目の前の困難に立ち向かって、私はここまで齢《よわい》を重ねました。

同じ体験をしても、各人各様《かくじんかくよう》、その受け止めかたは、決して一《いち》律《りつ》ではありません。

その折々の出来事《できごと》に対して、弱気になっていたら、とっくの昔に私は、討《う》ち死にしていたと思います。

明治、大正の時代を生き抜いてきた同世代の者は、大和魂《やまとだましい》とでも言いましょうか、筋金《すじがね》入りの強固《きょうこ》な自立心《じりつしん》がありました。

それだけでなく、義理と人情に厚《あつ》く、素朴《そぼく》で純粋な、正義感のような、「誠《まこと》の心と気概《きがい》」がありました。

〈幽霊《ゆうれい》になって、化《ば》けて出る〉ほどの敵対心は、国家も個人も、これからは捨てねばならないと思うのです。

ともすると、人間は、愚痴《ぐち》を言い、自分を正当化《せいとうか》し、他を悪《あ》しざまに非難《ひなん》し、敵対視します。

こうした対立感情を心に秘《ひ》めることは、それが自身《じしん》の弱点となって、次々と暗い悪い方向へと具現化《ぐげんか》されて、現実に困難を齎《もたら》すのです。

国家もまったく同じだと思います。

良い結果を常《つね》に望み、過去にとらわれず、今より明るい方向を求め、相互《そうご》の向上を願えば、おどろおどろしい、人間感情の縺《もつ》れの中には落ちないのです。

このことは、多くの体験から学びわかってはいるのですが、すぐそのことを忘れて、同じことを、苦《にが》い思いでくり返すのが人間なのです。

幽霊《ゆうれい》になった中村勘九郎さんが、クレーン車に乗って、頭の上をスーッと行く見せ場で、落ちそうになる幽霊《ゆうれい》に、そのたびにキャアッと、場内からどよめきが上がりました。

演じる役者さんと、観《み》ている観客が、一緒になって舞台に参加している、一体感の中にお芝居《しばい》は終わりました。

浅草寺《せんそうじ》を参拝《さんぱい》し、境内《けいだい》を通り抜けて、仲見世《なかみせ》を、私は元気に歩いて見物できたのです。

お芝居《しばい》を見せていただき、幽霊《ゆうれい》にもならず、今こうして足があって、生きていることのありがたさを、私は、再認識いたしました。

私は仲見世《なかみせ》をずっとずっと、大通りまで歩けたのです。私にとっては奇跡《きせき》でした。

帰宅してみなさんに報告をと、

「クレンザーに乗って、幽霊《ゆうれい》が出てきたの」

と、話しはじめると、

「クレンザー？　台所にある、あのお粉《こな》の洗剤《せんざい》のことですか？」

目を丸く丸くして、お嫁さんも、曾孫《ひまご》たちも驚くのでした。

曾孫《ひまご》は、

「幽霊《ゆうれい》だ、クレンザーの粉幽霊《こなゆうれい》だぞー」

と弟が怖がるのを面白《おもしろ》がって、追っかけまわす始末《しまつ》です。

即《そく》、私も『クレーン』の間違《まちが》いに気づきました。

私は、軽《かろ》やかに、

「まあっ、幽霊《ゆうれい》なんだから、クレンザーでも、クレーンでもどっちでもいいですよ」

……と、涼《すず》しい顔で、口もとをゆるめることができました。

娘もはじめは、驚いた様子でしたが、言い間違《まちが》いに私が気づいたことで安堵《あんど》したようです。

老いるのは、本当に情けないことで、頭の老化を娘は心配していたようでした。

このような、ほんの小さな言い間違《まちが》えが、相互理解《そうごりかい》の欠如《けつじょ》に拍《はく》車《しゃ》をかけて、個人も国家も、意見の対立となって、争いへと発展《はってん》する場合が多いのでしょう。

平素《へいそ》からまったく知らない間柄《あいだがら》なら、クレンザーだなんて、お話にもならない――と思われれば、それで相手にされずにお終《しま》いです。

言葉の言い回しや、言い間違《まちが》いは、よくあることです。こうして、目の前で親しくしている家族であっても、考えかたの相違《そうい》によっては、無視され、耳も傾《かたむ》けてはくれないでしょう。

相手の気持ちをいつも心得《こころえ》ての労《いたわ》り、相手の立場に立っての考えかたを思いやる労《いたわ》りがあれば、お互いにもっともっと、楽しく過ごせるのです。

それにしても、幽霊《ゆうれい》という幻が具現化《ぐげんか》されたとき、私たちは、怖がり恐れます。

それも、他人を思いやるという、愛の欠如《けつじょ》が原因ではないかと思うのです。

今こうして、私を迎え入れてくれる、温《ぬく》もりのある対話の中に、囲炉裏《いろり》を囲《かこ》んで、兄や弟たちと、干し柿やお餅《もち》、ときには、お汁《しる》粉《こ》やお寿司《すし》をいただいた、幼い頃を重ねるのでした。

子供一人ひとりにやさしく接してくれた、たおやかな母と、凛凛《りり》しかった父の姿が思い浮かぶのでした。

母は十五歳まで乳母《うば》に育てられ、病弱でしたが、上品で利口《りこう》な人でした。

父は、煙草《たばこ》も酒も嗜《たしな》みませんでした。いつも母を大切に労《いたわ》り、家族は明るく楽しく、円満《えんまん》な良い家庭でした。

家の近くを流れる川で、父は、鰻《うなぎ》やヤマベを釣ってきて、

「滋養《じよう》があるから」

と、一番に母に食べさせてあげていました。

そして今、この家では、私がその恩恵《おんけい》に与《あずか》っているのでした。

「ちよさん、これおいしいよ」

「ちよさん、お先にどうぞ」

「ちよさん、どれにしますか？」

日々このような、さりげなく、暖《あたた》かい気配《きくば》りをみなさんからい

ただく度《たび》に、生命《いのち》の糧《かて》である愛をいただき、この幸せを、幼子になって受け取るのでした。

〈三〉

淋《さび》しくなった頭髪《とうはつ》

——重ねし齢《よわい》——

永《なが》い間、私は白髪《しらが》もなく、黒髪を誇《ほこ》りにしてきました。

若いときは長く伸《の》ばし、おさげの三つ編みにしておりました。

嫁《とつ》いでからも、うしろで束《たば》ねたり、渦《うず》巻きに結《ゆ》い上げたりと、黒髪にいろいろと、自分なりに櫛《くし》を入れながら、形を整えて仕上げるのが、楽しみの日課のひとつでした。

最近のことですが、庭で写した一枚の写真を見ると、なんと右側の耳の周辺《しゅうへん》が、薄くなっているのです。

頭頂《とうちょう》の毛が薄くなっているのは、知っていたのですが、右頭部《みぎとうぶ》も、

こんなに毛が薄いのか――

と、今更《いまさら》ながら愕然《がくぜん》となりました。

いつの間にやら、ごま塩頭になっていて、多分これは、入退院

をくり返したこの六、七年間のことと思われます。

それまでの私は、本当に腰もピンとして、好きな和服で過ごすことが多い日常でした。

着物も、今ではどこで保管して下さっておられることやら、まったく行方《ゆくえ》不明《ふめい》なこととなってしまいました。詮索《せんさく》するのももう面倒《めんどう》です。

過去を振りかえると必ず不平不満《ふへいふまん》のマイナス思考となります。

それは、私の肉体《にくたい》を蝕《むしば》む結果にもなるのでした。

それがわかっていながら、自らの心の傷を深めるのでした。過去でなく〈この今を〉生きていることを大切に、前を見て、明るいほうを見て進まねばならないのです。それなのにわかっていても、ともすると過去の中にいるのです。

遠い昔のことですが、私は乳癌《にゅうがん》の手術後、コバルト療法《りょうほう》という治療《ちりょう》を受けておりました。

病院の長い廊下《ろうか》をそろうり、そろりと、やっとひとりで歩きながら、入院患者たちが、

〈地獄《じごく》の門〉

と言い合っている、放射室《ほうしゃしつ》へと行くのです。

長い長い廊下《ろうか》は、本当に淋《さび》しく、ひとりぼっちで、頼るものもなく、トボトボと死のゴールに向かって、吸い寄せられていくようでした。

当時の私は、手術の前に、髪を短く切ってしまい、丸坊主《まるぼうず》に近い頭をしておりました。

一日おきのコバルト照射《しょうしゃ》は、食欲をなくし、死と直面するほど辛《つら》く、苦しいものです。
コバルトを照射《しょうしゃ》される治療《ちりょう》を受けたのは、癌《がん》の転移《てんい》と再発を防止するためでした。

当時の私は、
今日を生きられたら――
と、もろもろの不安と恐怖の中で、まるで病室のベッドが、地獄《じごく》への絶望の穴蔵《あなぐら》のように思えました。

そんなとき、
病院の温室に、月下美人《げっかびじん》が咲いた――
との、明るいお話を伝え聞きました。
月下美人《げっかびじん》の花がどんなものか知る由《よし》もなく、

「きれいですよ」

との見た方々の声を、遠い遠い耳底《じてい》でやり過ごすだけでした。

この横浜にきてから、私は、宿屋にいるような錯覚《さっかく》に陥《おちい》ることがあります。

風呂から出たあと、自室に戻り寛《くつろ》ぐ折《おり》にふとそう思うのでした。

自分の与えられた室内外《しつないがい》には、いつも美しい季節の花がありま す。

食するものも、すべて私が好物としているものの他に、珍しい知らない果物や野菜を、工夫《くふう》して調理してくれます。

海のもの、山のもの、畑のもの、果樹園《かじゅえん》のものと、獣《けもの》以外の食べ物はなんでもいただいてまいりました。

最近、私が気に入っている飲み物は、レモンによく似た柑橘類《かんきつるい》を切って、その香りと蜂蜜《はちみつ》の甘い味覚をいただくものです。

この柑橘類《かんきつるい》は新しい品種で、レモンのように香りが強く、しかし、輪切りにすると果肉《かにく》の形がレモンとは違う模様《もよう》になっています。新しいレモンとでも言いましょうか、九州のほうで採《と》れるようです。

毎日の食生活が、どんなに大切か、よくわかるようになりました。頭の毛のごま塩も、少しは黒くなりはじめるとよいのにと、海《かい》藻類《そうるい》やジャガイモを皮ごと、いただくようにしています。

そんなある日、お風呂に入る前にと、薄くなった頭を調髪《ちょうはつ》することになりました。

思わず頭頂《とうちょう》が気になり、ハサミを入れる娘に、

「上の薄いところ切らないで」

と、申しました。すると、

「切らないで——と言っても、始めからないでしょう」

毛がないのに、切らないでもないもんだ——

と思うと、笑いが止まらなくなってしまいました。

「動かないで」

と、お叱《しか》りを受けました。

その言葉に、ずーっとずーっと八十年前の、小さなおかっぱ頭の娘たちの髪を、揃《そろ》えていた私の姿を、言葉を、思い重ねるのです。

「はい」

と素直に返事しましたが、

本当にもうお腹《なか》の中から、笑いが止まらなくなってしまったのです。

「ちょっとタイム」

……と、なりました。

それというのも、田舎《いなか》にいたときのカツラのエピソードを、思い出したからです。

いつも美しく、小綺麗《こぎれい》にしている六十歳くらいのお方がおられました。

ある集《つど》いで、皆が待っているところへ、涼《すず》やかなお姿で小走《こばし》りにやってくるのです。

ところが、なにか違うと思って、ようく見ると、いつもの黒髪がないのです。

丸坊主《まるぼうず》でした。他を身繕《みづくろ》い綺麗《きれい》にされているのですが、慌《あわ》てていて、カツラを忘れてしまったのです。

誰もそのお方が、大病を患《わずら》ったことを記憶に留《とど》めておらず、毛髪《もうはつ》がそのときの手術後生えないことを聞かされるまでは、笑いをこらえるのにたいへんだったのです。

私は同情とともに、その折《おり》の笑いを、今、涙がこぼれるほどのおかしさと、驚きであったことを思い起こしているのでした。

今は時代も進み、カツラなんか当り前のようですが、

「黒髪は女の生命《いのち》」

そのように言われ、育ってきた私には、今でも黒髪に対して、郷《きょう》

愁《しゅう》よりも、執着《しゅうちゃく》があります。

このカツラのお話は、思い出の一コマとして、今は笑えますが、髪の毛一本でも、親からいただいた大切な身体《からだ》の一部です。

このカツラを被《かぶ》り忘れた、丸坊主頭《まるぼうずあたま》の話から、

「パープル色のカツラを、クリスマスにプレゼントしましょうか」

とお嫁さんに言われる始末《しまつ》です。

「紫色の髪だなんて恥ずかしいです」

即座《そくざ》にお断りしました。すると、

「金髪もお似合いかもしれません」――と。

「じゃあ、黒髪にしたら」

娘のお友達までが、真顔《まがお》でおっしゃるのでした。

からかわないで――

思わず私は、なにかしら不機嫌《ふきげん》になってきて、キレそうになりました。

「今は、帽子《ぼうし》感覚で、お洋服の色に合わせるのです」

雲ゆきを見て、娘が説明してくれました。

「着せ替え人形にされるのかと思いましたよ」

インテリヤクザ三人組は、今日はなにを言い出すやらと、またしても古い考えで捉《とら》え、反発心が出てしまったことに、気づきました。

反発心は、対立を生み、争いへと誘《いざな》います。決して良い結果になりません。

そのことがわかっていながら、狭い視野《しや》に固執《こしつ》して、お話を素直に受け入れ、お聞きすることができないのでした。

私の外出用にと、新調《しんちょう》したばかりのパープル色のお洋服には、毛髪《もうはつ》も紫が良いかもしれない――

との、若い者たちのご意見も、傾聴《けいちょう》に値《あたい》する学びであり、もっともでした。

古い私の視点を、今の流れに適応《てきおう》できるようにするには、一つひとつの体験を通して学び、そうしてやっと、古き既成概念《きせいがいねん》を捨て、是正《ぜせい》できるのでした。

私は、暖かい陽射しに誘われて、お庭に出ました。

今年初めて柿が実をつけたと喜んでいたのを思い出し、それを見るためでもありました。

西北《せいほく》の隅《すみ》にある柿は、木枝《きえだ》が高く、葉がこみ合って、青い果実は、下からは同化していて見えませんでした。

どんなに背伸びしても、私は確認できないので、じれったい思いでおりました。

その時一瞬でしたが、西の空に夕陽にはまだ早い、輝くまぶしい陽光の中に、女の赤ちゃんを見たのです。

美しく輝く女神様の化身《けしん》のような、女の赤ちゃんでした。もう一度見直しましたが、見えませんでした。

目の錯覚《さっかく》ではないかと、
なんだろう……。

と思いながらも、このことを、一瞬のことでしたので、すぐに忘れてしまいました。

「もう少し柿が色づいたら、見えるようになるから……」

背伸びしても柿が見えない、小《ち》っちゃい私に、慰《なぐさ》めの言葉を、娘がかけてくれました。

六十五年前、この娘が生まれたときは、一貫目《いっかんめ》（三七五〇グラム）近くありました。

身も心も私以上に、大きく成長している姿を、すぐ近くで毎日見ることは、本当に幸せなことです。

身体髪膚《しんたいはっぷ》、親から賜《たまわ》ったこの五尺《ごしゃく》（約一五〇センチ）に満たない、小さな小さな私です。

「エッコラ　ホイサ」

と、お庭のあちらに右手を、こちらへ左手を置きながら、楽しく自分の足で、自分の意思で動けることに、まったく感謝《かんしゃ》が足りなかったことに気づきました。

こんなに私は元気で過ごせている――

元気であることのありがたさに、やっと気づくのでした。

悲観的な病室での、暗い日々を思い起こすとき、もう二度と、そうなりたくないと思ったはずでした。

そのようになりたくなければ、明るく、楽しく、嬉《うれ》しい気分で過ごせばよいことですのに、元気になってしまうと、何ひとつ実行できていないのです。

具合《ぐあい》が悪く、危険信号《きけんしんごう》を心身《しんしん》で感じて、はじめて後悔し、ドロ縄式《なわしき》に実行しようとするのです。

自分では、できていると思いこんで自惚《うぬぼ》れ、傲慢《ごうまん》で、同じことを日常の中で、くり返しているだけでした。

いつまで経っても、暗い思考の中でもがき、病《やまい》は離れず、いつも苦しむ結果になってしまうのでした。

そんなときに、すぐ近くで、必ずと言っていいほど、的確《てきかく》に助言してくれる者がいてくれることを、今は本当に、ありがたいと思うのです。

人間とは複雑《ふくざつ》で、虫の居所《いどころ》が悪いときは、感謝《かんしゃ》もヘチマもカチマも吹っ飛んでしまいます。

放《ほう》っておいてちょうだい。どうせ私は、こんな性格なんだから、生まれついた性格、どうやって直せというのですか、私を悪者《わるもの》にして——と。

目は三角に据《す》わって、名刀《めいとう》を抜き、大上段《だいじょうだん》に構《かま》えて、次なる大《おお》立《た》ち回りを、
いざ、いざ——

と、受けて立つ気構《きがま》えの心で、嵐の中にすっくと立ちはだかるのでした。

明治女の心意気《こころいき》、見せようぞ――

の台詞《せりふ》も、胸の奥では大音響となって鳴り響き、辺りをし～んと、静まりかえらせ、名演《めいえん》を見守る観客の反応《はんのう》を窺《うかが》うのでした。


「なに、考えてるの……」

突然、娘に肩を叩かれました。

「なにも考えてはいません。私は幸せです」

「本当の幸せとは、すべてのものから解放されて、自由であることと――思考や物質的なことに捉《とら》われている間は、本物の幸せとは言えないでしょう」

娘は、淡々《たんたん》と申しました。

そして、網《あみ》を持ってくると、お隣《どなり》の奥さんと会話しながら、フェンス越しに、いただいたお野菜を、目の前にすくい上げるのでした。

私は、なにか、遠いおとぎの世界にいるような、錯覚《さっかく》に捉われました。

耳が聴こえないので、ここへきてから、お隣《となり》のお方とは、対話したことはありませんでした。

お隣《どなり》との境界《きょうかい》は、かなりの段差で高低《こうてい》があります。手が届《とど》かないので、こんな方法を目の前で見せていただき、なにか、新鮮《しんせん》な驚きを覚えるのでした。

玄関《げんかん》へお互いに行き来するより近いので、こんな方法を編み出したのでしょう。

夜には、いただいたお野菜を使って、カニスキを作ってくれました。

私は生まれて初めて、カニスキという鍋《なべ》をいただきました。お野菜にカニを入れた、おいしいスープの味覚は、本当に今まで味わったことのない美味《びみ》でした。

お互いが、他を思いやる優《やさ》しい労《いたわ》りの中に居合《いあ》わせる、この今の幸せは、幼い日に囲炉裏《いろり》を囲《かこ》み、家族と過ごした温《ぬく》もりと同じでした。

女の私にとって、とくにお節句は、よおうく覚えています。

お雛段飾《ひなだんかざ》りも楽しく、賑《にぎ》やかに飾り終えると、母の作って下さったご馳走《ちそう》と、お飲み物、そして上敷《うわしき》を持って、ハナレ山というところへ、一日中、お友達と満開の山躑躅《つつじ》を見に出かけるのでした。五月になると、蕨《わらび》を採《と》り、夏にはグミを、秋にはアケビや栗を拾《ひろ》い、雑茸《ざつたけ》を採《と》って、銘々《めいめい》の収穫《しゅうかく》を父に、母に、見せるのが楽しみでした。

収穫《しゅうかく》した山での幸《さち》は、必ず母が夕膳《ゆうぜん》に出して下さいました。みんなで肩寄せあって、囲炉裏《いろり》を囲《かこ》みながら、楽しい一時《ひととき》を過ごしたものです。

今、齢《よわい》を重ねて九十四年、当時を語る相手もなく、天空の月を仰ぎ、

身体髪膚《しんたいはっぷ》
これ父母に受く
敢《あ》えて　毀傷《きしょう》せざるは
孝《こう》の始めなり

（中国の「孝経《こうきょう》」より）

今は遠い彼方《かなた》にある父母が、幼い日に教えて下さったこの言葉を、呟《つぶや》くのです。

時は流れ動き、進化しているのか退廃《たいはい》しているのか、私には見当もつかない昨今《さっこん》です。

〈ピアス〉を、耳や、舌にまでする時代の潮流《ちょうりゅう》に、ふっと立ち止まり、たじろぎを覚えるのでした。

平成の、目の前にある流れにどう対処《たいしょ》すべきか、幽玄《ゆうげん》の中へと、新しい生きかたを求めて、模索《もさく》するのです。

あまりにも、人間の生命《いのち》を、粗末《そまつ》にする今日的《こんにちてき》な生き様《ざま》に、身《み》震《ぶる》いしながら、

「粗大ゴミ」

と、自らを卑下《ひげ》してきた、無知《むち》ゆえの不遜《ふそん》な今までの生き様《ざま》を、恥ずかしく思うのでした。

人間の生命《いのち》。人間を生かし、呼吸させて下さる生命の源《みなもと》のご意思が、愛そのものであることが、心を研《と》ぎ澄《す》ませば温《ぬく》もりとなって、私を包みこんで下さるのでした。

そこには、老いの孤独も、物質的な捉《とら》われもなく、ただ、胸の奥にある、心臓の強い鼓動《こどう》に、感謝《かんしゃ》を、喜びを感じ、

「ありがとう」

と叫ぶだけでした。

〈四〉

人生の黄昏《たそがれ》で摑《つか》んだ宝

―心と身体《からだ》は一元《いちげん》―

今年は、季節の区別がつかないほど、暑かったり、涼《すず》しかったり、急に冷えこんだりして、気候《きこう》が狂っているようです。

季節は秋なのに、庭の樹木《じゅもく》の下には、そのまま夏から置かれたハイビスカスの鉢《はち》が、美しく開花を見せているのでした。

見上げれば、ミカンが色艶《いろつや》を増して、深まる秋を見せ、柿の実は、青い葉の中に、しっかりとオレンジ色を日増しに濃《こ》くしています。

レモンもひとつ生《な》っております。いつの間にか、青い果実は黄色へと変わり、小さなユズもひっそりと実《みの》りを色濃《いろこ》くして、その存在を顕《あらわ》にしてきました。

昨年と比較《ひかく》できないほど、庭の樹々《きぎ》も変容《へんよう》しています。

地球規模での自然界の変化に対応して、太陽の恵みの中で、すべてのものが必死で生きているのでした。

齢《よわい》をただ重ねて九十四年間を過ごしたただけで、私は樹々のように淡々《たんたん》と、陽光に生かされてその折々を、素直に生きてきただろうかと、自問自答《じもんじとう》するのでした。

自分のこれまでの生き様《ざま》が、正しかったのか、厳《きび》しく質《ただ》すのでした。

そうすることで、またまた過去を振りかえり見、暗い堂々巡《どうどうめぐ》りのマイナス思考へと、引きこまれてしまうのです。

庭の玉石《たまいし》を踏《ふ》みしめ、階段を見下ろしますと、私が昨年の夏、ここにきた日が、思い出されます。

階段は当時より頑丈《がんじょう》に作り替えられていました。

かなりの急勾配《きゅうこうばい》で、階段の一つひとつが少し高くなったようです。

幅も広くなって、地震がきても堅固《けんご》にできていて大丈夫《だいじょうぶ》そうです。

いつの間にこんなに直したのか、私はまるきり工事に気づいていませんでした。

六月頃にこの工事は決まり、施工《せこう》されたとのことでした。横浜市の建築条例《けんちくじょうれい》に不適格《ふてきかく》なために、是正《ぜせい》したようです。

この土地を造成《ぞうせい》した業者《ぎょうしゃ》が不明で、ここに数軒の住宅を建設した、当時の建築会社《けんちくがいしゃ》の二代目社長が、無料でこの工事を引き受けたとのことでした。

石段のほかにも、ぐるりと狭い家を取り囲《かこ》むフェンスがまったく目新《めあたら》しく思い、娘に尋《たず》ねました。

すると、今時《いまどき》、無料で石段を修理したという二代目社長に、なにかお仕事をと思い、華奢《きゃしゃ》だけれど、錆《さ》びないステンレスに変えるように頼んだとのことでした。

降って湧《わ》いたような、けっこうな珍しいお話が舞《ま》いこんで、こうして地震がきてもビクともしない、立派な石段に変わっているのでした。

見渡す景観《けいかん》も、以前とは違って見えます。

道路を隔《へだ》てた真向かいのお家《うち》の屋根の上に、たくさん色づいて生《な》っていた柿が、ひとつをポツンと残して、すべてがなくなっておりました。

数日前ですが、

「前のお家《うち》の柿です」

と、皮を剥《む》いてくれた、娘の言葉を思い起こしました。甘くておいしい柿でした。

ずっと以前にここへきたときは、私と同年輩《どうねんぱい》のお方が、洗濯物《せんたくもの》をお元気そうに干しておられました。

お姿を見かけないので、気になってはおりましたが、一昨年の十二月、九十二歳で、お亡くなりになられたことを知りました。

寒空《さむぞら》にひとつだけ採《と》り残された柿に、思いを馳《は》せていたら、急に淋《さび》しく、孤独な思いに捉《とら》われ出し、自室にこもってもすっきりしないのでした。

またマイナス思考という心の弱さに、蝕《むしば》まれようとしていたときです。
娘がファックスを一枚、私の手に広げて持たせてくれました。
かすむ目を弱々しく、その紙面《しめん》に落としました。
飛び上がらんばかりに、
「本当、本当なの？」
私は、嬉《うれ》しさのあまり叫びました。
驚きとともに、心は、一瞬にして一点の曇《くも》りのない晴天《せいてん》へと、変《へん》容《よう》しておりました。
嬉《うれ》しい内容の、私あてのファックスでした。
『ちよおばあちゃまへ』
たどたどしい字が、躍《おど》っていました。
それは、孫娘に三人目の赤ちゃんが近々《ちかぢか》生まれることを、五歳の曾孫《ひまご》がお絵描きして知らせてくれたのです。

私は、まったく知らされていなかったので、この事実は本当に嬉《うれ》しく楽しく感激《かんげき》でした。

それは、柿の青い実を見ようとした日に、太陽の中に見た、美しい女の赤ちゃんのお顔を思い起こしたからでもありました。

（女の子だよ）

と言おうとして、私は、口を噤《つぐ》みました。

想像以上に人間の心は、移《うつ》ろいやすく、弱いものであることを、このとき、本当に本当に痛いほど知りました。


自分の思いは環境《かんきょう》によって左右されてしまいます。事あるごとに振りかえる過去との対面は、反省という美化《びか》された自分への憐《あわれ》みの中で、感情を突き動かし、肉体《にくたい》を痛めつける、悪い要因《よういん》となることがわかりはじめました。

日常生活で起こる現象《げんしょう》、目の前に体験として現われる些細《ささい》な出来事《できごと》によって、自分の心のありようが左右され、それによって、肉《にく》体《たい》の状態が良好《りょうこう》か否《いな》か決まるのです。

「今、泣いた子が笑う」

というたとえのように、私は、曽孫《ひまご》の寄越《よこ》したファックス一枚で、マイナス思考の暗黒《あんこく》のトンネルから、瞬時《しゅんじ》に抜け出ていました。

明るく楽しく、一片《いっぺん》だに思い惑《まど》うことなく、心は快晴《かいせい》で、喜びに満ちているのです。

そして、健康体であると言いきれない、私の重い満身創痍《まんしんそうい》の肉《にく》体《たい》は、瞬時《しゅんじ》に、身も心も軽《かろ》やかになっていました。

心のありようひとつで、肉体《にくたい》の状態も左右されることが、全身《ぜんしん》創痍《そうい》であるが故《ゆえ》に今、即《そく》、鮮明《せんめい》に体現《たいげん》されるのです。

理論や理屈でなくて、本当に本当に、これは自分にとって、嬉《うれ》しいことの体験を通して、知り得《え》た真実でした。

この数年間、粗大ゴミとして、卑下《ひげ》して生きてきた、私の信条《しんじょう》のくり返しが、いかに、肉体《にくたい》を痛めつけ、病気を悪化させてきたか、無知《むち》とは言えその愚《おろ》かしさに、恥入《はじい》るばかりでした。

哲学者《てつがくしゃ》であるデカルトが、心と肉体《にくたい》は二元《にげん》であると唱《とな》えていることを、遠い昔に夫から聞いた記憶が、かすかに頭の隅《すみ》にありました。

私は今、肉体《にくたい》と心は一元《いちげん》だ、という確信が体験でわかりました。

娘に話しますと、

「お読みになりますか」

と、世界の名著《めいちょ》の中から、本の背表紙《せびょうし》に大きな文字で、『デカルト』と表示《ひょうじ》された、立派な部厚《ぶあつ》い本を出してくれました。

「こんなむずかしい本を読む元気はないよ」

と、幼い曾孫《ひまご》たちのように、軽《かろ》やかに、心から素直に対話できるのでした。

私は、補聴器《ほちょうき》を耳にはめこみ、孫と曾孫《ひまご》に、電話する準備《じゅんび》をいたしました。

慌《あわ》てると、余計《よけい》に手間《てま》取ってしまい、娘がそばで見守る中、やっと装着《そうちゃく》できました。

「ちよおばあちゃま」

曾孫《ひまご》の明るい声に、嬉《うれ》しくって、涙が出そうになるのでした。

五歳と二歳の子たちと孫娘との電話での対話は、私にとって、かけがえのない生命を吹きこまれるような、すばらしい一時《ひととき》の宝でした。


耳が聴こえなくなってからは、知らないお方との通話は、緊張《きんちょう》して、畏《かしこ》まってできなくなりました。

頭の中が真っ白になり、目の前が翳《かす》んで、何も見えないほど、全身が固くなって、耳の補聴器《ほちょうき》すら作動しないのです。

緊張《きんちょう》のせいで、通話も聴き取れないのです。

雑音がザワザワと入り、肝心《かんじん》のお話し言葉がわからないのです。

電話番すらできない自分が、情けなくなるのでした。

孫娘に、「おめでとう」の電話が終わっても、私は、言葉が出ませんでした。

娘が元気そうな私を見て、

「よかったね」

とつぶやき、取り敢《あ》えず、コーヒーを入れることになりました。

私はと言いますと、固く畏《かしこ》まって、椅子《いす》に身体《からだ》が吸いつけられて、立つことができないのです。

嬉《うれ》しくても、緊張《きんちょう》すると、具合《ぐあい》が悪くなることが、よおうくわかりました。

「ちよさん、リラックス」

と言いながら、来宅《らいたく》していたお友達が、背中をさすって下さり、
やっと膠着《こうちゃく》していた細胞の一つひとつが、動けるように元に戻り

始めました。

コーヒーをいただきながら、いつもの私とでも言いましょうか、人心地《ひとごこち》に戻れました。

今までは、
どうしてこんな、苦いコーヒーを、平気で飲むんだろう――と思っていたのですが、今、この熱いひと口は、まろやかに口の中に広がり、頑《かたく》なになった私の心身《しんしん》を、ほぐす役目をしてくれるのでした。

思わず、

「おいしい」

と、この家のコーヒー通を、目の前にして、驚かせる言葉が自然に出ておりました。

私の頭の中は、太陽の中に見た女の赤ちゃんのことでいっぱいでした。

どうして見えたのかしら……。

そのことだけを、考えていたのでした。


今までに詠《よ》んだ川柳《せんりゅう》を整理しながら、その折《おり》の心境《しんきょう》を綴《つづ》るつもりが、作文へと、脱線《だっせん》しておりました。

早速《さっそく》、この不思議な体験を書きたいと思いました。

私が俳句《はいく》に興味を持つことになったのは、夫が亡くなって間もなく、予期《よき》もしていない句が、突然、脳裏《のうり》を掠《かす》めたからでした。

春を病《や》み
風の音にも
すがりたや

この一句は、私にとって初めての、入選歌《にゅうせんか》となったものでした。定《さだ》かに月日は覚えていませんが、初めて入選したのは、三十年ほど前のことだったと記憶しています。

それ以来、山陽俳壇《さんようはいだん》に、川柳《せんりゅう》で、数多く入選《にゅうせん》してきました。

今まで私が作った、短歌と川柳《せんりゅう》を整理しながら、その作品の折々の心境を綴《つづ》るつもりで、作文を書きはじめていたのです。

それがいつの間にか、頭が冴えて気分の良いときに、

『それ行けちよさん93歳!!』

というタイトルが浮かんできました。

机に向かうと、次々に日常生活で見たこと、感じたことを書き綴《つづ》ることが楽しくできるのです。少しずつ文章化することで、私は思ってもいなかった喜びと生きがいを見つけました。

体調の悪いときは、椅子《いす》に座って書くことができず、ソファに座り、膝《ひざ》の上に原稿用紙を抱《かか》えて書きました。

そのために、字が安定しないで、原稿用紙の罫線《けいせん》から、左へ左へと出てしまうのです。

短い文なら真っ直ぐ書けますが、どんどん書き進むと、いつの間にか、左へとはみ出してしまうのです。

ワープロででき上がった原稿を、読み直す喜びは格別《かくべつ》です。

書いたのは本当に自分なのかと、その折の身体《からだ》の状態によって、記憶の中に留《とど》まっていないこともあったりします。

本当にガラス細工《ざいく》のような脳のお働きに頼っての、作業だと思いかえすこと暫《しば》しです。

「むずかしい漢字を、確認しなくてもよいです」

と言われても、辞書を見て漢字を探します。

こうして一生懸命《いっしょうけんめい》『それ行けちよさん93歳!!』を書き上げ、夏頃応募したのが、カネボウ主催の『ウーマンズ・ビート大賞』でした。

この応募した作品について、担当者から連絡《れんらく》をいただき、在宅《ざいたく》での個人面接《こじんめんせつ》を、十二月に受けることになりました。

私の書いた努力が報《むく》われたのでした。そのことは、翌年の三月の結果はともあれ、大きな喜びであり、励《はげ》みとなりました。

クリスマス頃に帝王切開《ていおうせっかい》するという、曾孫《ひまご》の誕生を待ち侘《わ》びる、喜びの重なる日々を過ごすことになりました。

身も心も喜びに満ちて、何ひとつ捉《とら》われることなく、作文に没《ぼっ》頭《とう》する充実《じゅうじつ》した時をいただいておりました。

誰に認められなくても、
誰も褒《ほ》めてくれなくても、
誰も知らなくても、
自分が　良いことと信じ、
正しいと思い、
確信を持ってしたことは、
必ずどこか、目に見えないところで、〈生命《いのち》の根源《こんげん》〉とでも名づけたらよいでしょうか、私を生かしてくれている、偉大な宇宙的《うちゅうてき》なご意思の存在が、見守って下さり、お力を与えて下さることが、身近に感じられるようになってきたからです。

曾孫《ひまご》の生誕《せいたん》までをも、先に太陽の中に女の赤ちゃんを見せて下さったことは、喜びとして、ただ感謝《かんしゃ》あるのみでした。

私が決める、瞬間の今の心のありようで、現象化《げんしょうか》され、具現化《ぐげんか》される人生を、自らが歩まねばならないことが、作文を綴《つづ》ることで確信となりました。

何物にも代《か》えがたい、これらの体験を通じて、自身《じしん》の心の使いかたの大切さを、宝としていただけたことは、得《え》がたい学びとなりました。

病《やまい》も、物質的な欠乏《けつぼう》も、葛藤《かっとう》も、苦しみのすべて、不幸と思えることは、この私の心が作り出す想念《そうねん》で、決まることがわかったからです。

今ある私のすべては、誰のせいでもなく、私が生み出した、私が招《まね》いた結果を私が受け取っていることが、はっきりとしました。

困難や、些細《ささい》な悩みによって、暗い思いに傾《かたむ》くと次々とこれでもか、これでもかと悪いほうへと、誘《いざな》われることもわかりました。

私の人生すべて、心の痛みも、病《やまい》も、あらゆること一つひとつを、私の心が紡《つむ》ぎ出し、行動し、その積み重ねの結果が、今あるのでした。

誰のせいでもありません、私という人間を作っていくのは、私本人だったのです。

目の前に、好ましくないことが起こると、現実から目を逸《そ》らさず、積極的に、すぐによい方向へと心を向ければよいのです。

グズグズと考え悩まないで、明るいほうへと、心の在《あ》りかたを、すぐに、前向きに切り変えればよいのです。

たったのこれだけのことが、私には、九十四年間もできていなかったが為に、自身《じしん》の中での葛藤《かっとう》は、病《やまい》という形で私に現われ、苦しみを深く、重くしてしまったのです。

心と身体《からだ》は別々の存在ではなく、心と身体《からだ》は一元《いちげん》で、心の反映が即《そく》、身体《からだ》に現われることがわかりました。

宇宙の塵《ちり》に等しい、私の低き低き、心の在《あ》りようを、自らがおだやかに過ごせるように、努力、向上することを、まったく怠《おこた》っていたのです。

九十四年もの間、試行錯誤《しこうさくご》してきた歩みから、抜ける出口を、人生の黄昏《たそがれ》を迎えた今、やっと私は、見つけた思いがいたしました。
どんな時にも、前だけ見て、明るく楽しく歩めばよいのです。
たったの、それだけのことが、できなかったのです。

〈五〉

私が小《ち》っちゃいだけなのさ

――今日から生きる――

「魚を見にいらっしゃい」

の声に誘われて、階下《かいか》へ行くと、生きたスズキ三匹《さんびき》が、大きなタライの中にいました。

海で釣ってこられた知人が、お持ち下さったとのことでした。

十二月も押し迫った土曜日の夜でした。

「お刺身《さしみ》にしても、煮つけにしてもよいそうです。ちよさんはどちらがよいですか――」

魚の綺麗《きれい》な目を見ていたら、可哀想《かわいそう》になってきて、

「私はいいから」

それだけしか、言葉が出ませんでした。

私は、五歳の曾孫《ひまご》にファックスをいただいてから、自分のことで忙《いそが》しく、あっという間に、時間が経ってしまったことにも、気

づかないでおりました。

嬉《うれ》しい、楽しい、安定した日々の中、この幸せを倍加《ばいか》するような、もっとビッグな幸せを、私はプレゼントされたのです。

それは、夏頃応募していた、『ウーマンズ・ビート大賞』の事務《じむ》局《きょく》のお方からの、在宅面接《ざいたくめんせつ》を受けたことでした。

十二月半ば、私は、生まれて初めて、受験生になったつもりで、ちんまりとひとりでお椅子《いす》に座っておりました。

来訪《らいほう》された担当者が、耳のよく聞こえない私を労《いたわ》るように、椅《い》子《す》から降《お》りて跪《ひざまず》き、お話し下さる一句、ひと言を、聞き洩《も》らすまいと必死でした。

一八〇一通の応募作品《おうぼさくひん》があったとのことでした。

個人面接《こじんめんせつ》されたからといって、最終選考《さいしゅうせんこう》に残るとは決まっていませんが、公表される三月を待ち侘《わ》びる、楽しい日々となりました。

うれしいことが重なって、師走《しわす》の慌《あわ》ただしい残り少ない時に、娘の知人が末期癌《まっきがん》で危篤《きとく》になり、入院されたことを知りました。

そして心配する暇もなく、まだお若く五十代の働き盛《ざか》りで、夫とひとり娘、そして八十歳を超えている母親を残して旅立たれてしまったのです。

この亡くなられたお方は、私の娘と同じように、田舎《いなか》から老いた母親を引き取り、ともに暮《く》らしはじめて十年ほどが過ぎておられるとのことでした。

このお方の母親については、私の立場とよく似ている点があり、日頃から興味を持っていたのでした。

もし私より先に娘が死んでしまったら、私はどうしたらよいのか、残された老母の心境《しんきょう》を、我《わ》が身に振り替えて、考えこんでしまうのでした。

その老母にとって、頼りにしていた娘に先立たれた悲しみは、私の悲しみと重《かさ》なり、私はひとりでワンワン泣きました。

涙が止まらなく、自分が悲しみの主人公となって、
本当に娘が先に死んだら、孫夫婦にめんどうかけられない……と思うと、私はこれからどうしたらよいか、不安で、いても立ってもいられないのでした。

不安は恐怖感を呼び、暗い心の深みへと、どんどん私を引きこむのでした。

ついに、この夜半《やはん》、ここにきて初めてのことですが、私は腹痛に見舞《みま》われ、吐気《はきけ》で目覚めたのです。

すべて、お腹《なか》の中のもろもろの悪鬼《あっき》を吐き出すような、重苦しいものでした。

お腹《なか》も痛くなり、それは、何度も何度も、痛みに悲鳴を上げるほど、強烈《きょうれつ》なものでした。

死ぬかもしれない――

この思いが過《よぎ》ったとき、パッと電気が点《つ》きました。

娘が、状況《じょうきょう》を見て、即《そく》、対処《たいしょ》してくれました。

申し訳ない……申し訳ない……

と、私は心の中でお詫《わ》びし続けていました。

「あるがままでよいのです。なんの遠慮《えんりょ》も要《い》りません」

励《はげ》まし、背中を摩《さす》ってくれました。

朦朧《もうろう》として浅い眠りに入っても、苦しく、胸の奥を絞《しぼ》るような悲しみは、いつまでも消えませんでした。

それは、病院で病《やまい》と闘《たたか》っていた私の苦しかった過去が、蘇《よみがえ》ったようでもあり、生と死を賭《か》けて、闘《たたか》い、旅立たれたお方の、無念の思いのようでもありました。

頭は重く、気分は悪く、数年前の脳梗塞《のうこうそく》のときと同じように、真っ白で、何もわからなくなってしまいました。

今どこに自分がいるかさえ、定《さだ》かではなく、目の前に続く、薄《うす》暗《ぐら》い寒い道を、どこへ行き着くかも知らず、重い心で、重い足を引きずって、歩いていました。

かすかに、かすかに、どこからか、小さな声が聴こえてくるのですが、目も見えず、耳も定《さだ》かに聴こえませんでした。

誰もいない無気味《ぶきみ》な静けさの中に、ただ悲しく、重苦しい心で、立ちすくむだけでした。私は、もう何も恐れてはいませんでした。

深い悲しみの中に沈《しず》みながら、

空耳《そらみみ》だったか……

と思い直し、杖も持たず、無気力に歩を進めていました。

ここにきて初めてのことでしたが、私は数日間を、このような状態で、ベッドの上だけで過ごしました。

親より先に死ぬことは、子どもとして、これほどの親不孝はない……

と、義憤《ぎふん》すら覚えるほどの渦《うず》巻く感情の嵐の中にいました。

何を見ても、聞いても、八十余歳の母親を置いて先立ったお方に、文句を言いたいのです。

こんな状態の中で私は、曾孫《ひまご》が生まれたことを知らされました。帝王切開《ていおうせっかい》でしたので、面会はすぐできないとのことでした。心配かけてはならないと、嬉《うれ》しい知らせにやっと我に返り、シャキッとしました。

生まれたての赤ちゃんのお写真を見て、驚いたことには、以前私が柿の木のそばで一瞬見た、太陽の中にいた、女の赤ちゃんのお顔そのものだったことです。

そのことが、私には、不思議でなりませんでした。嬉《うれ》しさと、不思議な体験の狭間《はざま》で、明るく、元気になりかかったところへ、次の娘の言葉で私はキレてしまったのです。

帝王切開《ていおうせっかい》の手術は、主治医の教授執刀《きょうじゅしっとう》と信じていたのに、実際に手術をしたのは、まったく知らない医師だったと、娘が申すのでした。

それも三番目の手術予定が、四番目になり、いざ教授執刀《きょうじゅしっとう》になって、

「大丈夫《だいじょうぶ》」

と、いつも笑顔で診察《しんさつ》していた主治医《しゅじい》が、手術していないという事実に、娘も、かなり術後《じゅつご》を心配するのでした。

そのことを聞くと、私は、その病院も医師も許せなくなり、

「それは、サギです。教授の看板《かんばん》で、患者《かんじゃ》を集めている、インチキ病院です」

と、大声で叫んでしまいました。

私が怒鳴《どな》ったって、どうなることでもなく、孫娘が今回選んだ病院ならいたしかたない——

と、心を静めるまでには、随分《ずいぶん》と時間がかかりました。

なにかにつけ、私は怒りっぽく、すぐ腹《はら》が立ってくるようになっているのでした。

これは大変だ——

暗いことを考えると、悪いほうへ引きこまれると思い直しました。

心静《こころしず》かにもとの平穏《へいおん》な生活を取り戻そうと、エッコラ　ホイサで踊《おど》りゃんせ——のお歌を歌うのでした。

一
いちに
生命《いのち》の尊《とうと》さよ
老いも若きも踊《おど》りゃんせ
エッコラ　ホイサ　で踊《おど》りゃんせ

二
にに
にっこり　ニッコ　ニコ
老いも若きもニッコ　ニコ

三
さんで
サッサと　流した水は

キレタハレタも　サーラ　サラ

四　よんで
陽気に踊《おど》りゃんせ
みなさん仲良く　輪の中へ

五　ごは
ごくらく　平和な日本
ウレシ　ウレシでエッコラ　ホイサ

六　むは
無限の愛を

振りまき振りまき
それ行け　ちよさん　九十四歳

七　ななは
なくて七《なな》くせ　誰でもあるさ
そんなこと気にせん　直せばいいさ

八　やあは
やきもち　せらいは　無用《むよう》　ムヨウ
明るく楽しく　ワッハッハッハッハ

九　ここは

ここまで来れたよ　生命《いのち》の源《もと》へ
感謝《かんしゃ》　感謝《かんしゃ》で　明日《あす》も　よろしく

十　とおは
とおが一〇回　一〇〇歳越えて
ちよさんそれ行け　ゴールはないよ

生と死の狭間《はざま》の中で、クリスマスも晦日《みそか》も、お正月もないほどの、この家の様子でした。

私は、のんびりと過ごさせていただき、体調の回復に専念《せんねん》して、新しい年を迎えることができました。

感情的な、一時《ひととき》の同情は、マイナス思考となって、私の心身《しんしん》に大破壊《だいはかい》を招《まね》き寄せてしまったのです。

この貴重な体験は、本当に本当に身に沁《し》みました。


やっと自分で歩けるようになり、七草粥《ななくさがゆ》をいただいた日のことです。

数ヵ月前に頼んでおいた、宝塚《たからづか》のチケットが、手に入ったことを知らされました。

一月十七日までには、まだ十日もある――

と思うと、急に元気が出て、足腰を鍛《きた》えるために、とんとん、とんとん……と家の中を歩き回りました。

一月十七日の前夜、夕食をいただいているとき、娘に聞かれました。

「帝国ホテルを知っている?」

「宿屋のことでしょう」

とお答えしました。

「明日は、すぐ前が帝国宿屋ですから、お茶でも飲んでいらっしゃい」

と言われました。

初めて行った宝塚劇場《たからづかげきじょう》は、客席まで車椅子《くるまいす》で、若い男の方がご案内下さいました。

私は、生まれて初めて、憧《あこが》れの宝塚《たからづか》の舞台を、一時三十分から観《み》ることができました。

前から五番目の、赤い綺麗《きれい》なお席に、落ち着きました。

無駄《むだ》な筋肉をそぎ落とした、初めて見る男装の麗人《れいじん》の美しい容《よう》姿《し》。華《はな》やかな衣装。

弾《はじ》けるような元気パワーと、底抜けの明るさ。

踊《おど》って、歌って、お芝居《しばい》ありの、盛りだくさんの、四時三十分までの迫力あるショーでした。

私もともに舞台の上で、足を上げたり、手を振ったり、踊《おど》り、歌い、舞《ま》いしているように、身も心も軽く、嬉《うれ》しく、楽しくなりました。


ちょうど、九年前の平成七年一月十七日は、阪神大震災《はんしんだいしんさい》があった日です。

そして、奇《く》しくも、平成十六年一月十七日、今日、イラクへの先遣隊《せんけんたい》三十名が午後二時、出発されたのでした。

涙しながら別れを惜《お》しむ留守家族の顔が、ここ数日間テレビの中から飛び出してきて、未《いま》だに私の脳裏《のうり》に焼きついています。華麗《かれい》で、繊細《せんさい》で、お洒落《しゃれ》で、美しく、爽《さわ》やかな、舞台の多彩な色彩と、奏でる音曲《おんきょく》のハーモニーは、現実離れした、夢のおとぎの世界へと誘《いざな》ってくれました。

現実に意識が戻ると、イラクへ向かわれた、先遣隊《せんけんたい》の方々の胸《きょう》中《ちゅう》を思いやるのでした。

こんなに、私だけ幸せさせていただいて、よいのかな……の思いが過《よぎ》るのです。

夫が、葉書《はがき》(召集令状《しょうしゅうれいじょう》)一枚で、抗《あらが》うこともできず入隊《にゅうたい》した先は、姫路《ひめじ》でした。

馬の乗りかたも、扱《あつか》いかたも知らないまま、騎兵隊《きへいたい》に配属《はいぞく》されたのです。

二十一歳以上の健康な男子は、三年間の兵役《へいえき》に服《ふく》することになっていたからでした。

同じ姫路《ひめじ》の駐屯地《ちゅうとんち》から陸軍《りくぐん》として、外地《がいち》に送られた兵士は、全滅となりました。

夫は、この生死を分けた姫路《ひめじ》で、後続部隊《こうぞくぶたい》に属《ぞく》していたので、運良く、九州に配属《はいぞく》され、終戦を高千穂《たかちほ》で迎えました。

毛布一枚の、着の身着のままで、九州の高千穂《たかちほ》の地で、現地解《げんちかい》散《さん》となりました。

終戦になっても、公《おおやけ》になんの音沙汰《おとさた》もなく、生死も不明でした。

政治も経済もすべてが混乱の中にあり、乏しい情報の中で、流《りゅう》言飛語《げんひご》が飛び交《か》いました。

くる日も、くる日も心配の日々が続きました。留守《るす》を守る私たちが無事を祈るしか、なんの手立《てだ》てもありませんでした。

九州では、ほとんどの橋という橋が、空爆《くうばく》で破壊され、広島もピカドン（原爆《げんばく》）で麻痺《まひ》していました。

帰ることができず、帰りたくても帰る道が、帰る方法もなかったのです。

夫は、運良く、東京行きの石炭車に乗りこみ、石炭の中に身を埋《うず》め隠れました。

そして鉄道が修復《しゅうふく》された頃、やっと、私たちの待つ家へ、自力《じりき》で辿《たど》り着いたのです。骨と皮の痩《や》せこけた、目だけ涼《すず》やかな姿でした。

なんの保障《ほしょう》も、なんの経済的援助《けいざいてきえんじょ》も、国からは公《おおやけ》にありませんでした。

それが当り前で、まかり通っていた時代でした。

多くの兵士が帰ってきてから、栄養失調で亡くなりました。

私も夫には、食べさせないように(重湯《おもゆ》を与えて)、細心の注意をしました。

当時は、一度においしいものを食べて、亡くなった方が多く出ていたからです。また、傷病《しょうびょう》でお亡くなりになられた多くの方々も見てまいりました。


戦争とは、「人を殺す」ことです。

どんな立派な、理論や理屈も法律さえも、そんな飾りごとは通用しません。

すべては、時の、お偉いお方が決めたことに、国民は従わざるを得《え》ないのです。

このことは、今も昔も少しも変わっていません。

苦しいこと、辛《つら》いことは、すべて下々《しもじも》の者が負《お》うのです。

偉いお方が責任を持つとおっしゃいますが、どういう責任の取りかたがあるのでしょうか？

北朝鮮《きたちょうせん》へ拉致《らち》された家族の思いは、いかばかりでしょう。

そして帰国されたお方も、時間の空白もさることながら、心の空白は誰が償《つぐな》い、どうすればお慰《なぐさ》めできるのでしょうか？

時代の潮流《ちょうりゅう》の中で、あれこれ議論《ぎろん》されてはおりますが、同じことをくり返さないように、しっかりと見極《みきわ》めねばなりません。

戦争とは人を殺すこと――を、認めるか否《いな》かだけです。

人を殺すことに賛同《さんどう》するお方は、まずいないはずです。それなのに、なぜ戦争は起こるのでしょう……。

このように申し上げると、すぐまた、

「反戦思想《はんせんしそう》だ」

と戦争屋（戦争を遂行《すいこう》する輩《やから》）は反論することでしょう。

どんな甘い言葉で煽《おだ》て、洗脳されても、兵士は、敵も味方も、戦争を起こした者たち（戦争屋）の、犠牲者《ぎせいしゃ》だと私は思います。

兵士を送り出す家族の心配は、敵も味方もありません。

無事を祈る心は、万国共通《ばんこくきょうつう》の思いです。

日《ひ》の本《もと》の平和は、兵士として死んでいった、多くの犠牲者《ぎせいしゃ》の、屍《しかばね》の上に築《きず》かれていることを、六十年たった今も、私たちは決して忘れてはいません。

ですから、悲惨《ひさん》を通り越した破壊を齎《もたら》す、戦争を回避《かいひ》するのが、今を生きる私たちの努《つと》めだと思うのです。

北朝鮮《きたちょうせん》の問題も、戦後処理のタイミングがずれてしまい、国家間の怨念《おんねん》が、今、噴出《ふんしゅつ》して、災《わざわ》いとなって、二進《にっち》も三進《さっち》もいかなくなっているのです。

当時の戦争での犠牲者《ぎせいしゃ》は、日本人だけではなかったことを思い起こせば、自《おの》ずと仲良くできる方法はあるのです。

戦争屋は、自身《じしん》のしでかしたことを正当化したり、代替《だいがわ》りすることで、その責任を風化《ふうか》させてしまいます。

体験のない者も、付和雷同《ふわらいどう》で知らん振りです。

被害《ひがい》を受けた者は、いつまでも〈そのことを〉、忘れてはいません。

ですから、怨念《おんねん》となって、対話はかみ合わず、ギクシャクと、すべてが対立的な論争《ろんそう》になってしまうのです。

相手の立場になって、相手側からこちら側を見ることも必要ではないでしょうか。

このような時代遅れの戯言《たわごと》を、あれこれと舞台の合間に私は思うのでした。

フィナーレを迎えた舞台は、次から次へと、色彩豊かな麗人《れいじん》が、衣装を競《きそ》い、華《はな》やかに、階段を並んで埋め尽くしていました。

それは、明るくなんの捉《とら》われもなく、戦争も対立も、怨念《おんねん》も敵対心も、不信感もまったく皆無《かいむ》な、透明な喜びの祭典《さいてん》でした。

背が高く、足が長く、美しく、若さに弾《はじ》ける元気と、勇気を鼓《こ》舞《ぶ》する、天使の宴《うたげ》のようでした。

これまでの九十四年間、私には、多くの出逢《であ》いがあり、別れがありました。

持ちつ持たれつ、助け、また私も助けられて、多くの困難に直面し、打ち勝ってここまでこれました。

心も身体《からだ》も自由に、伸びやかに、羽ばたく意識が、さらに強く芽生《めば》えてきたように思えます。

これから、新たな生へと、明日に向かって、
私が小《ち》っちゃいだけなのさ――

と、もっと大きく、もっと明るく、輝きたいとの思いを強くするのでした。

詩《うた》

川柳《せんりゅう》について

川柳《せんりゅう》は、十七文字の短い詩です。俳句のように、切字《きれじ》や季題《きだい》の制約がございません。

それゆえ、日常の生活の中から見聞することすべてが句材となります。人情、風俗、世相を、斜《しゃ》に構えて、機知《きち》に富むように活写します。

簡潔《かんけつ》に、人間の弱さや滑稽《こっけい》さを表現できればと、私は、全くの自己流で詩作を重ねてまいりました。今、来《こ》し方をふり返り見れば、脳の活性化に役立っていたように思います。

遠い昔となりましたが、山陽俳壇《さんようはいだん》にはかなりの入選実績があります。

川《せん》柳《りゅう》

たれか言うまなこは心の窓といふ

瀬戸《せと》大橋《おおはし》渡る感激《かんげき》かみしめて

大吉と出てかしわ手を打ちなおし

信仰《しんこう》と行楽《こうらく》かねてバスの旅

若い気でいても体ついてこず

目の利《き》いた人のあとについて買う

捨てられた鞄《かばん》に老後のわれを見る

汗ほこり今日の汚《よご》れを風呂が待つ

尊敬《そんけい》する人が同じで意気《いき》が合う

観光のバスも立ちよる魚市場《うおいちば》

ありがたい娘のくれた指定席

人生《じんせい》峠《とうげ》ようやく越えて茶のうまさ

屋上に出てぞんぶんに背伸びする
こうなればとにかく中立通さねば

好奇心《こうきしん》若さに賭《か》けてペンをとる

なにもかも片づき今朝《けさ》は身も軽く

腰ひくう達磨《だるま》に片目入れるまで
あいまいな態度で見せぬ胸の奥

うますぎる裏に何かがありそうな

こんなにも破局《はきょく》が早くこようとは

馬鹿《ばか》やろうそんな弱気でどうする気
予備《よび》知識しっかりつめて夢にかけ

美人ではないがやさしい方に決め

どん底《ぞこ》に落ちて他人の情け知る

雑草でよしプライドをくずすまい
夢がありロマンがあって紅《べに》をはく

奥様を返上《へんじょう》パートでがんばろう
別口《べつくち》が孤独の老をカづけ

まちまちの意見気を吐く投書箱《とうしょばこ》

手まねきに裏へまわれば草だんご

理《り》知《ち》的《てき》な人に会うまで勤《つと》めます

もくろみが狂《くる》ったらしい八つ当り

土埃《つちほこり》かむって黙々《もくもく》五十年

早起きが楽しくなった茄子《なす》の苗《なえ》

素足《すあし》に下駄《げた》洗《あらい》髪《がみ》にはよく似合い

初詣《はつもうで》晴れ着の妻《つま》のあとをゆく

律儀《りちぎ》一代《いちだい》残りの日々も通したい

笑う人泣く怒る人年のくれ

イメージの人に会うまで花ばさみ
再発の不安を抱いてさりげなく

乱立《らんりつ》の中から生まれた紅一点《こういってん》
夕なぎへビアガーデンの灯《ひ》が招《まね》く

ひさびさに顔が揃《そろ》うてお酒が出

背に塩がふいて日照りの道普請《みちぶしん》

老練《ろうれん》も役に立ったよ定年なし

どろんこの手に受けとった合格書

乳あふれ女の幸《さち》をかみしめる

てこずって祖母も一緒に泣いている

育つ子に夢を託《たく》してミシンふむ

兄は鍬《くわ》弟はエリートそれでよし

物《もの》入《い》りをなげいてみても自分の子

ヒロインでなく平凡な妻《つま》でよい

子の寝顔見ればば苦労もなんのその

悪《わる》知《ぢ》恵《え》をつけると嫁に叱《しか》られる

群がっててんやわんやの空《から》まわり
子の笑顔今日もファイトがわいてくる

高熱の孫におろおろ祈るのみ

趣味と実益《じつえき》男をかけて多忙《たぼう》な日

信念を通せと若さ叱《しか》られる

ひさびさの娘をまじえ鍋《なべ》たぎる

寒い夜はひとりくらしの母思う
黒髪を供えて母は顔上げず

発車ベル母の手なかなかはなれない

出《で》稼《かせ》ぎの父を待ってる手《て》打《う》ちそば

盆《ぼん》おどり赤いけだしが気にかかり
行く道はけわしいけれど二人連れ

片すみで母は静かに祈るのみ

牛歩《ぎゅうほ》でも内気な妻《つま》で気に入られ

おごられておごって幼馴染《おさななじみ》です
毒舌《どくぜつ》の夫へおろおろ気を使い

懸命《けんめい》のみとりほのぼの夜《よ》が白《しら》む

好きな道ただひとすじに今日《きょう》の栄《は》え

あとがき

平和の中に、戦後六〇年があっという間に過ぎ行こうとしています。

足が弱くなって、外出はできなくなりましたが、お庭に出て空を仰《あお》ぎ見ると、心も晴れやかに、嬉《うれ》しく楽しくなります。こうした日々を、戦争もなく、のんびりと過ごせることを、しみじみと幸せに思います。すべてのものへ感謝が自《おの》ずと湧《わ》いてまいります。

私は、社会勉強のつもりで、テレビをよく見ます。十月十日、韓国の上空にUFOが出現した映像を、お昼のニュースで見ました。私はそのテレビに映し出された映像に仰天《ぎょうてん》いたしました。宇宙時代の到来《とうらい》を、やっと、私も実感することができました。

お陰様《かげさま》で、私の頭も快晴で、『それ行けちよさん　95歳!!』を皆様に読んでいただきたい、の一心で書き進めています。

今回、二冊目の『それ行けちよさん　94歳!!』を、『それ行けちよさん　93歳!!』に続いて、株式会社たま出版より出させていただきましたことは、至上の喜びです。

韮澤潤一郎社長様、中村利男専務様、編集の吉田様、デザインの皆様方のお力添《ちからぞ》えによりまして、無事形になりました。

心より感謝を捧げます。

そして、一冊目の『それ行けちよさん　93歳!!』を、お読みいただきました皆様に、心よりお礼を申し上げます。

ありがとうございました。

ちよ女　記

二〇〇五年　霜月

〈著者紹介〉

ちよ女（ちよじょ）

1910年（明治43年）生まれ。

岡山県苫田《とまた》郡高田村（現津山市）出身。

農林業を営む旧家《きゅうか》の一女として生まれる。

20歳の時、酒類・塩・乾物などを扱う商家に嫁《か》す。

4人の子どもを育てながら、67歳で夫が亡くなってからも、一人でのれんを守り抜く。

趣味の川柳《せんりゅう》・短歌は、一昔《ひとむかし》前、山陽俳壇《やんようはいだん》で多数の作品入選実績がある。

それ行け　ちよさん　94歳!!

2006年2月21日　初版第1刷発行
2006年9月5日　初版第3刷発行

著　者／ちよ女
発行者／韮澤潤一郎
発行所／株式会社たま出版
〒160-0004 東京都新宿区四谷4-28-20
☎ 03-5369-3051（代表）
http://tamabook.com
振替　00130-5-94804
印刷所／株式会社平河工業社

ISBN4-8127-0203-8　C0011